世界博物館奇妙之旅

冬宮博物館

孔雀巡遊記

徐曉燕 / 著　布克布克 / 繪

　　冬宮，其實是俄羅斯國家博物館艾米塔吉博物館的一部分，位於俄羅斯聖彼得堡。它由意大利著名建築師巴托洛米奧·拉斯特雷利設計，是十八世紀中葉俄國新古典主義建築的傑出典範。這座博物館最早是耶卡謝蓮娜二世女皇的私人博物館，在約 250 年的時間裏，艾米塔吉博物館收集了近 300 萬件從石器時代至當代的世界文化藝術珍品。

中華教育

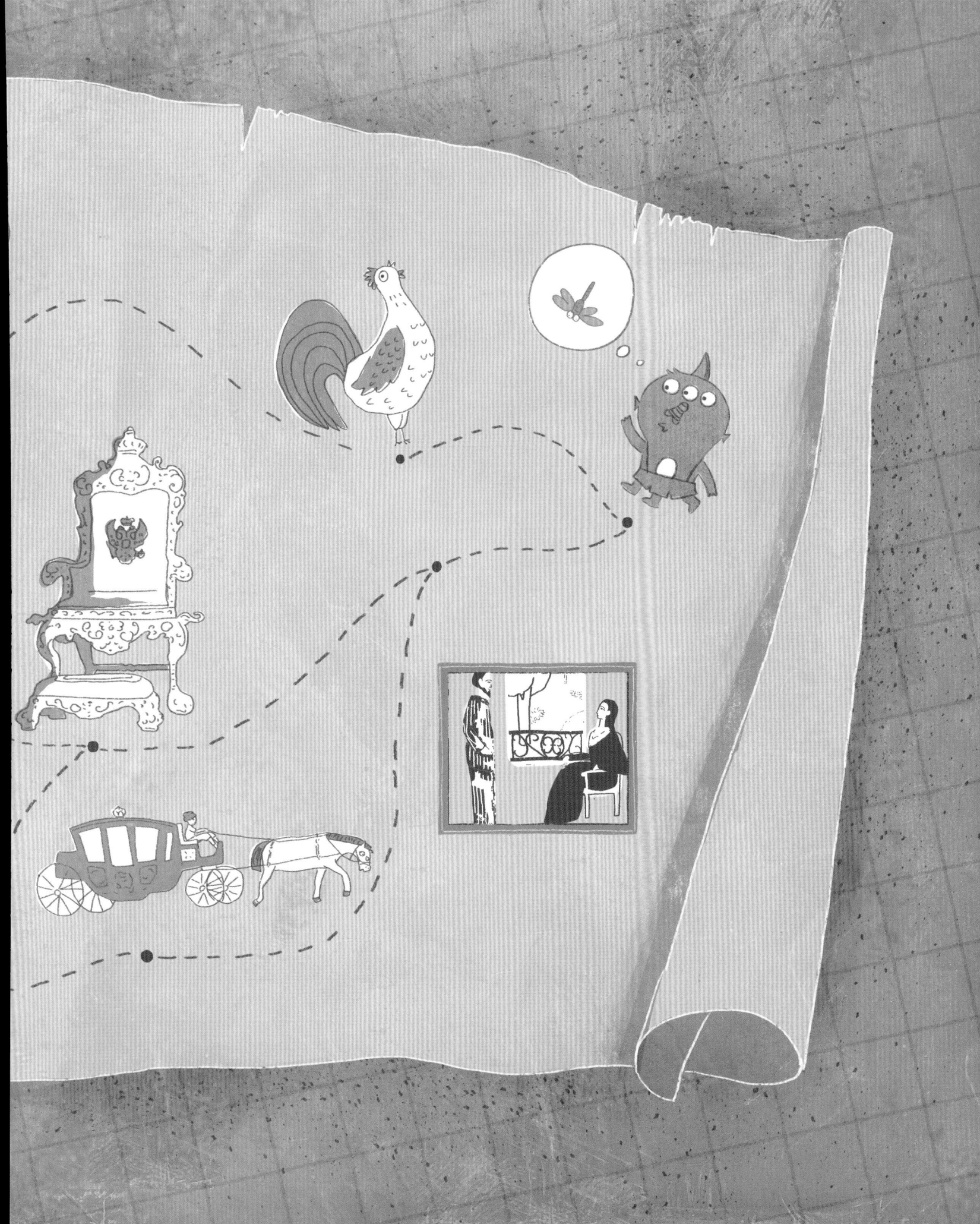

故事飛船 榮譽出品

北京漫天下風采傳媒文化有限公司

責任編輯：劉可有

裝幀設計：鄧佩儀

排版：鄧佩儀

印務：劉漢舉

世界博物館奇妙之旅

冬宮博物館
孔雀巡遊記

徐曉燕 / 著　布克布克 / 繪

出版 | 中華教育
香港北角英皇道 499 號北角工業大廈 1 樓 B 室
電話：(852) 2137 2338　傳真：(852) 2713 8202
電子郵件：info@chunghwabook.com.hk
網址：http://www.chunghwabook.com.hk

發行 | 香港聯合書刊物流有限公司
香港新界荃灣德士古道 220-248 號 荃灣工業中心 16 樓
電話：(852) 2150 2100　傳真：(852) 2407 3062
電子郵件：info@suplogistics.com.hk

印刷 | 高科技印刷集團有限公司
香港葵涌和宜合道 109 號長榮工業大廈 6 樓

版次 | 2021 年 12 月第 1 版第 1 次印刷
©2021 中華教育

規格 | 16 開 (235mm x 275mm)

ISBN | 978-988-8760-31-2

 **小怪獸烏拉拉** 　來自米爾星的外星小怪獸，擁有獨特的外形特徵：頭上長角，三隻眼睛，三條腿，鼻子上有條紋……他個性活潑，調皮可愛，想像力豐富，好奇心極強，喜歡自己動腦筋解決問題。

 **藍莫和艾莉** 　小怪獸烏拉拉的爸爸和媽媽，他們和小怪獸烏拉拉一起乘坐芝士飛船來到地球。

 **芝士飛船** 　小怪獸烏拉拉的座駕，同時也是他的玩伴。芝士飛船能變身成不同的交通工具：芝士潛艇、芝士汽車……它還有網絡檢索、穿越時空、瞬間轉移、變化大小等功能。這些神奇的功能幫助小怪獸烏拉拉在地球上完成各種奇妙的探險之旅。

自從在故宮見過寫字人鐘，小怪獸烏拉拉就迷上了鐘錶，當他聽說冬宮有座華麗奇特的孔雀鐘時，立刻決定要去俄羅斯。

做好簡單的準備後，一家人便踏上了前往聖彼得堡的旅程。

「這座城市真是充滿歷史感。」爸爸藍莫望着冬宮廣場四周的建築，感慨道。

「是啊，據說這些建築建造於不同的年代，那座淡綠色的宮殿就是冬宮，它其實是艾米塔吉博物館的一部分。」媽媽艾莉補充道。

「啊？難道冬宮不是博物館的名字嗎？」小怪獸烏拉拉好奇地問。

「冬宮之前是沙皇的皇宮，後來才成為博物館的一部分。」媽媽艾莉回答道。

「我還是覺得冬宮這個名字更好聽，我們趕緊進去看孔雀鐘吧！」小怪獸烏拉拉迫不及待地說。

孔雀鐘

　　孔雀鐘由英國著名珠寶設計師詹姆斯·考克斯及其工匠團隊用純金製造而成，包含一系列極其複雜的機械裝置。上足發條後，底盤轉動，在報時時，孔雀鐘便奏出音樂。這時貓頭鷹眨着雙眼，金孔雀張開美麗的尾巴並轉身，雄雞高唱，蜻蜓跳舞……

雖說來之前查閱了很多關於孔雀鐘的資料，但是真的站在這座精美的大鐘前，小怪獸烏拉拉還是被深深震撼到了。

「這也太華麗精美了吧，你們看那孔雀、貓頭鷹，還有大公雞，像真的一樣！我要等着看它報時的樣子。」

「呃……我們剛才問過了，為了保護這個文物，現在已經不對公眾開放報時了。」爸爸藍莫一臉遺憾地說。

聽到爸爸這麼說，小怪獸烏拉拉急得大哭起來……

　　突然，孔雀下方籠子裏的貓頭鷹動了起來，籠子內的鈴鐺開始奏出清揚曼妙的音樂……接著，孔雀開屏並轉身，當孔雀的尾巴垂落下來時，大公雞開始鳴叫，在充當鐘盤的蘑菇上，蜻蜓一秒一秒地轉動，仿佛在跳舞……

　　等大鐘停下來，人羣逐漸散去，小怪獸烏拉拉還一動不動地盯着孔雀。

　　像是回應小怪獸烏拉拉的注視，孔雀突然活了，飛到小怪獸的身邊。

　　小怪獸驚訝得說不出話來。「你，你，你怎麼變成真的了？」

　　「我在這裏待了幾百年，看到你和人類長得不一樣，又急得大哭，就破例為你表演了一次。我還想來問問，你是誰啊？」

　　「我是從米爾星來的外星小怪獸烏拉拉，很高興認識你！」小怪獸開心地自我介紹道。

　　孔雀似乎和小怪獸很投緣，興致勃勃地說要帶他參觀冬宮。

孔雀首先帶領大家來到了著名的「約旦樓梯」。

「哇！這就叫金碧輝煌吧！」小怪獸烏拉拉邊環顧四周邊感歎，所有人的眼睛好像都不夠用了，到處都是美輪美奐的雕塑、惟妙惟肖的油畫……

「看上面的《奧林匹斯山》！」爸爸藍莫興奮地指着天花板上的巨幅畫作。

約旦樓梯

　　約旦樓梯指的是冬宮從一樓通向二樓的樓梯。歷史上，各國使節都要經此樓梯登上二樓等待沙皇的召見。樓梯由大理石砌成，拱頂和牆面裝飾着美輪美奐的雕塑和熠熠生輝的金飾，被譽為「世界上最華麗的樓梯」。

油畫《奧林匹斯山》

　　作者加斯巴・迪齊亞尼，意大利洛可可時期的重要畫家。他的作品構思大膽、氣勢雄偉、色彩豐富。這幅巨型作品描繪的是希臘神話中的場景：宙斯率領眾神，住在高聳入雲的奧林匹斯山上。

油畫《哺乳聖母》

　　作者達文西。這幅畫採用了當時並不多見的明暗對照法，使整個畫面非常立體，讓人忍不住想去觸摸。畫中的聖母形象豐滿、神態恬靜，臉上洋溢着母性的光輝。

油畫《柏諾瓦的聖母》

作者達文西，意大利著名畫家、科學家，與拉斐爾、米開朗基羅並稱意大利文藝復興三傑，也是整個歐洲文藝復興時期的代表人物之一。這幅畫是他的早期作品，對光影的精妙處理讓畫面輪廓的顏色呈現出漸漸變淡的效果。

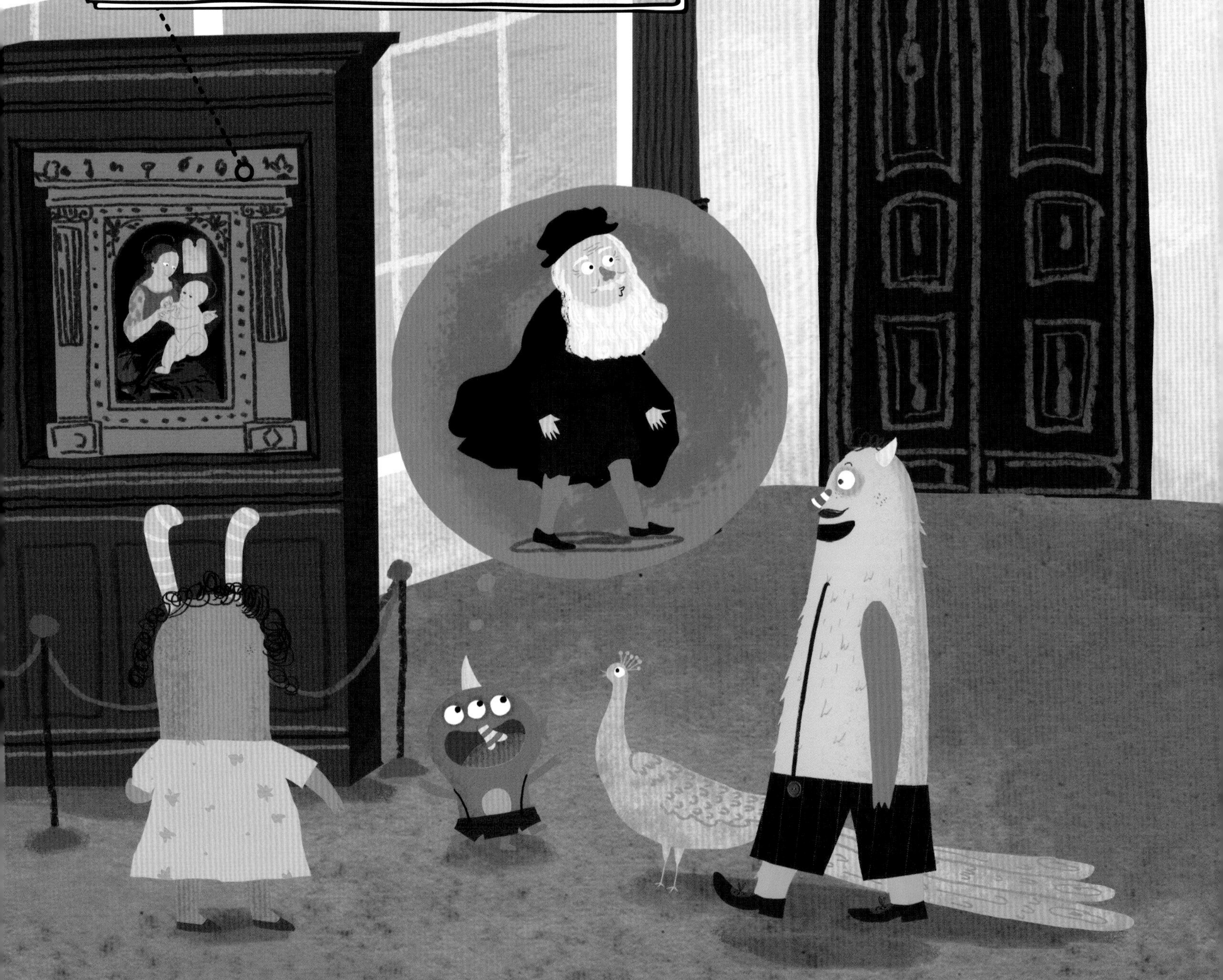

接着，孔雀帶大家來到了達文西展廳。

「這裏一直很熱門，這個叫達文西的人很厲害嗎？為甚麼那麼多人喜歡他的畫？」孔雀問道。

「當然啦！達文西非常厲害，他不僅是藝術家，還是科學家、發明家、生物學家……告訴你一個祕密，其實達文西並沒有死，我上次去羅浮宮還見到他了呢！」小怪獸烏拉拉神祕地說。

「達文西的油畫流傳至今的總共只有十幾幅，而這裏就有兩幅，所以來這裏參觀的人絡繹不絕。」爸爸藍莫補充道。

大家穿過一道道門，來到一處長廊。

「這裏好多門啊！」小怪獸烏拉拉感歎道。

「沒錯！這座博物館有 1000 多扇門，重重疊疊就像迷宮，所以你們一定要跟緊我，不然會迷路哦。來吧，這裏是博物館裏最適合拍照的地方。」孔雀熱情地告訴大家。

媽媽艾莉趕緊招呼大家合影留念。

「這個長廊叫拉斐爾長廊，是我的主人，也就是耶卡謝蓮娜二世命人到梵蒂岡宮殿臨摹複製而來的。」孔雀自豪地介紹。

一直看建築和繪畫，小怪獸烏拉拉覺得有點無聊。他記得走過來時好像瞥見一把華麗的椅子，於是悄悄地溜了出來。

在芝士飛船的帶領下，小怪獸找到了這把椅子。
「不同皇帝的喜好還真是不一樣，看來這位尼古拉一世喜歡華麗風格，好想上去坐一坐。」他悄悄地向椅子慢慢挪步，並坐了上去。

尼古拉一世寶座

尼古拉一世是俄羅斯帝國的沙皇，於 1825 年至 1855 年在位，在位期間，他改革農奴制度，鞏固皇權，並鎮壓數次起義。他的寶座精緻華麗，是由竹木雕刻鍍金而成，椅背上有手工刺繡的俄羅斯雙頭鷹和皇冠，華貴威武。

14

「嗖」的一聲，眼前的景象突然變了。小怪獸烏拉拉來到了一片戰場，看到一位身着戎裝的俊美男子騎着馬帶領自己的戰隊飛奔。刀光劍影中，小怪獸烏拉拉嚇壞了，他趕緊跳下椅子……

哇

好在又回來了！驚魂未定的小怪獸決定還是去找爸爸媽媽。

油畫《浪子回頭》

　　作者倫勃朗，歐洲十七世紀最偉大的畫家之一，也是荷蘭歷史上最偉大的畫家。這幅作品是冬宮收藏的倫勃朗作品中最著名的一幅，是他的晚期作品。在這幅畫中，倫勃朗熟練地運用光影和色彩描繪出每個人物的不同情感。

爸爸媽媽此刻正在孔雀的帶領下參觀倫勃朗廳，他們正站在一幅《浪子回頭》的畫作前。

「據說倫勃朗在創作這幅畫時已經患上了眼疾，但是仍憑感覺和經驗完成了這幅絕世之作。」爸爸藍莫一邊欣賞一邊感慨。

「據說莫奈、梵高、馬蒂斯、畢加索的一些作品也在冬宮，可是我們好像沒有看到？」媽媽艾莉問孔雀。

「它們肯定是在對面的建築——以前的陸軍司令部裏，但是我出不去。」孔雀看起來有點失落。

「那就坐我們的芝士飛船去吧！」小怪獸烏拉拉熱情地邀請孔雀。

他們一起乘芝士飛船來到了對面的現代展廳。

「這個蘋果看起來好誘人啊，我從來沒吃到過真正的蘋果。」
孔雀盯着塞尚的畫作，嚮往地說。

「那也容易。」說着，小怪獸按動了芝士飛船上的按鈕，他和孔雀穿越到了畫中。

孔雀和小怪獸坐在桌子旁飽餐了一頓，吃得心滿意足。然後，他們又穿越到一幅顏色特別亮麗的畫中欣賞了一會兒風景。

油畫《對話》

　　作者亨利·馬蒂斯，法國著名畫家、雕塑家、版畫家，野獸派藝術運動的代表人物，以使用鮮明、大膽的色彩而著名。這幅畫是他本人最喜愛的作品之一，畫家運用簡單的色彩和線條把人物的神情勾畫得惟妙惟肖，充滿無盡的創造力和想像力。

小怪獸烏拉拉一家和孔雀度過了充實又美好的一天。小怪獸非常想邀請孔雀到他家做客，可是孔雀還惦記着牠的好朋友貓頭鷹和公雞，於是他們依依不捨地告別了。

冬宮裏的文物朋友們

① 孔雀鐘
作者：詹姆斯·考克斯
類型：機械鐘，銅，貼金，木，
　　　搪瓷等
創作時期：1766年－1772年
創作地點：英國

⑤ 尼古拉一世寶座
作者：克里斯汀·梅耶工作室
類型：座椅，木製，天鵝絨，
　　　銀線刺繡
創作時期：1797年
創作地點：未知

②《奧林匹斯山》
作者：加斯巴·迪齊亞尼
類型：帆布油畫
大小：長約744吋，寬約336吋
創作時期：十八世紀
創作地點：意大利

⑥《浪子回頭》
作者：倫勃朗
類型：帆布油畫
大小：高約103吋，寬約81吋
創作時期：約1668年
創作地點：荷蘭

③《柏諾瓦的聖母》
作者：達文西
類型：帆布油畫
大小：高約19.5吋，寬約13吋
創作時期：1478年－1480年
創作地點：意大利

⑦《靜物》
作者：保羅·塞尚
類型：帆布油畫
大小：高約22吋，寬約29吋
創作時期：1895年
創作地點：法國

④《哺乳聖母》
作者：達文西
類型：帆布油畫
大小：高約16.5吋，寬約13吋
創作時期：十五世紀末
創作地點：意大利

⑧《對話》
作者：亨利·馬蒂斯
類型：帆布油畫
大小：高約70吋，寬約85吋
創作時期：1908年－1912年
創作地點：法國

來拼圖

這是雷諾阿的名畫《站着的珍妮·薩瑪利》，你能把它剪下來並正確地拼在一起嗎？

這是梵高的名畫《阿爾勒的女士們》，請發揮你的想像，為它塗上顏色吧！

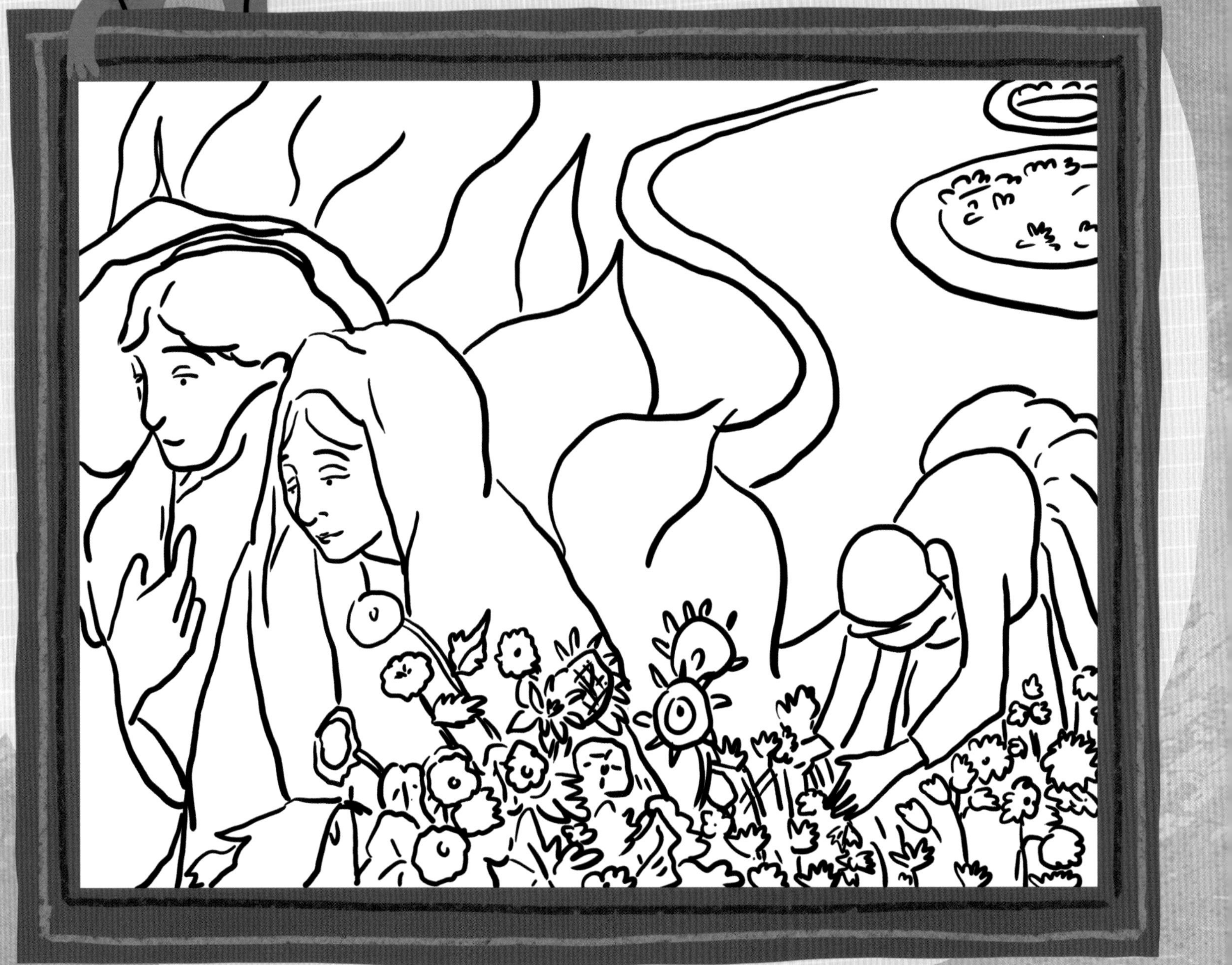

走迷宮

小怪獸烏拉拉一家要去冬宮劇院觀看芭蕾舞表演，請幫他們設計一條線路，別錯過任何一個芭蕾舞小人兒哦。

起點

終點

遊戲答案

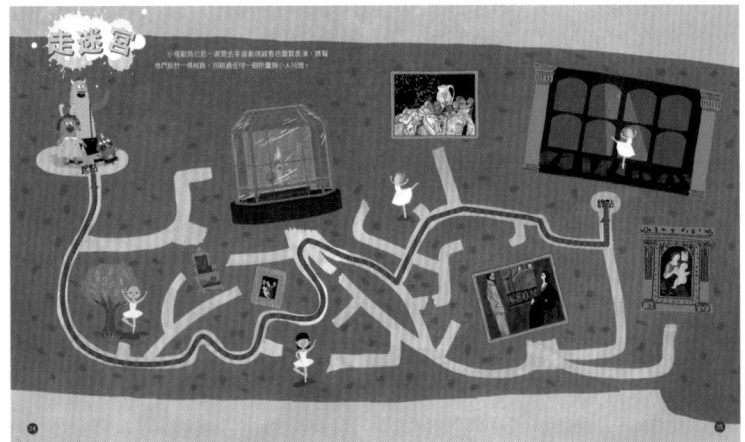

一套五冊

更多中華教育出版資訊，請見：

FACEBOOK　　　中華教育

文化閱讀 購物平台
mybookone.com.hk

9 789888 760312
定價：港幣 $48
建議上架分類：兒童讀物 / 世界藝術

Published in Hong Kong
聯合出版集團

中華教育

代理商 聯合出版
電話 02-25868596
NT: 220.

博物館的探險開始了！

外星小怪獸烏拉拉為你開啟一段穿越時空的奇妙之旅，探索世界五大博物館，
邂逅歷史名人、會說話的雕塑、可自由出入的名畫……

世界博物館奇妙之旅

羅浮宮博物館

奇遇達文西

徐曉燕／著　布克布克／繪

中華教育

開啟穿越時空的人文之旅，
讓藝術和文化成為孩子的朋友！